Pedro
y Pengwin Prysur

Awen Schiavone

Arlunio gan
Petra Brown

Gomer

.

Cyhoeddwyd gyntaf yn 2018 gan
Wasg Gomer, Llandysul, Ceredigion, SA44 4JL
www.gomer.co.uk

ISBN: 978 1 78562 252 6

Cyhoeddwyd gyda chymorth ariannol Cyngor Llyfrau Cymru.

Argraffwyd a rhwymwyd yng Nghymru gan
Wasg Gomer, Llandysul, Ceredigion SA44 4JL.

Pennod 1

Nid yw Pedro yn bengwin arferol. Mae rhywbeth gwahanol iawn amdano.

Er hynny, mae llawer o bethau sy'n gwneud Pedro yn bengwin arferol iawn, yn union fel ei deulu a'i holl ffrindiau.

Mae Pedro yn edrych fel pengwin arferol. Mae ganddo gôt o blu du, meddal a sgleiniog dros ei gefn a'i adenydd hir. Mae ei fol yn fawr fel balŵn llawn aer, ac yn wyn, wyn fel eira ar fryn. Coesau byr iawn sydd ganddo, a thraed bychan ar y gwaelod, siâp triongl, a phig oren a du.

Mae Pedro yn swnio fel pengwin arferol hefyd. Bydd yn cwacian siarad yn debyg i hwyaden, gan sibrwd cwacian wrth rannu cyfrinach gyda ffrindiau, a sgrechian cwacian wrth chwarae

gemau. Pan mae'n ysgwyd ei adenydd mae'n fflapian yn swnllyd fel sŵn tudalennau llyfr yn cael eu hysgwyd, a phan mae'n cerdded fflip-fflop mae ei draed yn swnio fel dwy bêl yn bownsio ar ddŵr mewn bath.

Mae Pedro yn bwyta fel pengwin arferol. Ei hoff bryd yw bwyd môr. Nid dim ond brecwast, cinio a swper mae e'n eu hoffi. O nac ydy, mae Pedro yn hoffi bwyta prydau bychain bob awr o bob dydd!

Hefyd, mae Pedro yn byw mewn cartref cyffredin fel unrhyw bengwin arferol. Nyth yw ei gartref, ond nid nyth mewn coeden fel nyth aderyn. Mae nyth Pedro ar y tir, ac mae'n gysurus tu hwnt gyda'i fwsog a'i blu, bob tro'n ei gadw'n gynnes, fel bod Pedro yn syrthio i gysgu heb strach bob nos.

Mae Pedro wedi tyfu fel pengwin arferol hefyd. Dechreuodd fel cyw bach iawn mewn wy, yna craciodd y plisgyn un dydd, ac edrychodd Mam a Dad ar ei ôl yn eu tro. Tra bod un yn pysgota yn y môr, byddai'r llall yn gofalu am Pedro bach. Fe fwydodd Mam a Dad e'n gyson fel ei fod yn tyfu'n bengwin cryf, ac fe ddysgodd ei rieni iddo gwacian ac i nofio fel ei fod yn gallu gofalu amdano fe'i hun. Ac ymhen dim, roedd Pedro yn bengwin mawr a hyderus.

Mae Pedro yn ymddwyn fel pengwin arferol. Yn yr haf, mae wrth ei fodd yn plymio i ddŵr y môr i nofio, chwarae, a physgota. Hefyd, mae'n mwynhau torheulo ar y traeth. Fel arfer mae'n gorwedd ar ei fol, ond weithiau mae'n hoffi rholio i orwedd ar ei gefn i folaheulo, gan edrych ar yr awyr las a chwilio am batrymau a lluniau yn y cymylau.

Hefyd, mae e'n hoffi mynd am dro – ar hyd y traeth i gwacian siarad gyda'i ffrindiau, i fyny'r bryn i gael gweld y byd ym mhob cyfeiriad, neu drwy'r goedwig fechan i gysgodi pan fydd yr haul yn rhy boeth.

Cyngor **Sir Gâr**
Carmarthenshire
County Council

LLYFRGELLOEDD CYHOEDDUS / PUBLIC LIBRARIES

Dyddiad dychwelyd		Date due back
2 1 SEP 2019		

WITHDRAWN

Awdur
Author

Enw
Title

Dosbarth	Rhif
Class No.	Acc. No.

Ac yn wir, y rhan fwyaf o'r amser, mae Pedro yn teimlo fel pengwin arferol hefyd. Mae'n mwynhau chwarae gyda'i ffrindiau bob dydd, a gwrando'n astud ar Mam a Dad er mwyn dysgu am y byd mawr o'i gwmpas.

Pennod 2

"Ond beth sy'n gwneud Pedro yn bengwin anarferol?" dwi'n eich clywed yn gofyn. Wel, yn gyntaf, gwell i mi roi ychydig o ffeithiau pwysig i chi cyn mynd ymlaen â'r stori.

Bob blwyddyn, unwaith mae'r pengwiniaid bach wedi dysgu nofio'n gryf a throi'n bengwiniaid mawr, ac wrth i'r tir dan eu traed ddechrau oeri ac wrth i'r gwynt ddechrau bygwth eira, mae cannoedd ohonyn nhw'n plymio i'r môr ar unwaith. Fel un teulu mawr, maen nhw'n nofio am filltiroedd a milltiroedd er mwyn dod o hyd i gartref newydd ar draeth cynhesach a mwy cysgodol, gan gefnu ar y stormydd rhewllyd.

Ond yna, pan fyddai'r tywydd yn troi a'r haf yn dod i ben ar y traeth hwnnw, ymlaen â'r pengwiniaid unwaith eto, i draeth arall,

cyn bod y moroedd gaeafol a'r tonnau mawr yn eu cyrraedd. Ac unwaith yn rhagor, gall y pengwiniaid blymio i'r môr a llenwi eu boliau!

Felly, mewn ffordd, mae gan y pengwiniaid ddau gartref bob blwyddyn, ac maen nhw'n caru'r ddau gartref gymaint â'i gilydd – does dim ffefryn ganddyn nhw. Maen nhw'n mwynhau'r daith hir, anturus a phob tro'n cyffroi wrth feddwl am gael mynd o un cartref i'r llall –

wedi'r cyfan, maen nhw'n teimlo'n lwcus iawn i gael dau le i fyw!

Mae'r teithiau'n hir a pheryglus ac maen nhw i gyd yn gofalu am ei gilydd, ac yn gwneud yn siŵr fod y pengwiniaid lleiaf ddim yn nofio'n rhy araf.

Felly, yn ôl â ni at Pedro a'i stori arbennig. Mewn dim o dro, roedd Pedro ei hun wedi dod i arfer gyda'r drefn hon. Erbyn i'r haf gyrraedd roedd e'n nofiwr cryf iawn, ac yn helpu'r pengwiniaid ifancaf i ddilyn y dorf i'r cyfeiriad cywir. "Mwy i'r chwith!", "Mwy i'r dde!", neu "Nofiwch bach yn gynt!" fyddai e'n galw arnyn nhw. Nid oedd yn poeni am yr haul poeth ar ei blu mwyach; roedd e a'r teulu'n ddigon hapus o dan y dŵr yn dianc rhag y gwres.

Roedd hi'n hawdd i'r pengwiniaid guddio oddi wrth unrhyw greaduriaid mawr a fyddai'n peryglu eu bywydau hefyd. Oherwydd, os oedd rhywbeth yn nofio uwchben y pengwiniaid, doedden nhw ddim yn gallu eu gweld nhw gan fod eu cyrff duon yn dywyll fel y dyfnderoedd. Ac os oedd rhywbeth yn nofio o dan y pengwiniaid, doedden nhw ddim yn gallu eu gweld nhw gan fod eu boliau gwyn yn debyg i'r awyr llachar uwchben.

Byddai'r pengwiniaid yn gallu nofio yn gyflym iawn, iawn. Bydden nhw'n gwibio drwy'r dŵr ynghynt nag y gallwn ni bobl redeg! Bydden nhw'n nofio yr un cyflymder ag y bydd cŵn yn rhedeg – ac mae hynny'n gyflym iawn!

Pennod 3

Pan oedd Pedro yn bump oed, digwyddodd rhywbeth gwahanol i'r arfer. Doedd dŵr y môr ddim mor glir yr haf hwnnw, felly roedd rhaid nofio'n fwy gofalus. Roedd angen cadw llygad manwl iawn ar y pengwiniaid lleiaf, hefyd, rhag ofn iddyn nhw fynd ar goll yn y dŵr mawr budr.

Un dydd, roedd Pedro yn meddwl ei fod wedi gweld un pengwin bychan ymhell y tu ôl i bawb arall.

Roedd Pedro yn poeni'n fawr amdano, ac er iddo alw "Brysia! Rwyt ti'n nofio'n rhy araf!" doedd e ddim yn gweld y pengwin bychan yn dod yn nes. Doedd dim amdani ond troi'n ôl i'w helpu! "Paid poeni, bengwin bychan. Dwi'n dod i roi help adain i ti nawr!" gwaeddodd Pedro, gan nofio'n gyflym i gyfeiriad gwahanol i'r teulu mawr.

Ond wrth nofio, sylweddolodd Pedro nad oedd e'n gallu gweld y pengwin bychan erbyn hyn. Roedd e wedi colli golwg arno! "Ble rwyt ti, bengwin bychan?" galwodd i'r môr mawr, gwag o'i flaen. Ond ni ddaeth siw na miw o unrhyw gyfeiriad.

Ymlaen ac ymlaen y nofiodd Pedro. Roedd e'n benderfynol o helpu'r pengwin bach unig. Ar ôl ychydig mwy o amser, roedd e'n meddwl ei fod wedi gweld y pengwin bychan eto, ac ar ras, fe nofiodd yn gynt nag erioed, gan wichian "Dwi'n doooooood!"

Ond am siom gafodd Pedro pan ddaeth yn nes. Gwelodd nad pengwin bychan, araf oedd yno! Pysgodyn mawr oedd yno, un du a gwyn tebyg i bengwin, ond nid pengwin mohono!

"Go dratia!" meddai Pedro. "Mae'r dŵr yma'n chwarae triciau gyda fy llygaid i!" Ac am yn ôl y nofiodd.

Gwibiodd drwy'r dŵr llyfn, yn flin ei fod wedi gwastraffu amser ac egni. Ond cysurodd ei hun

mai dim ond helpu roedd e'n ceisio gwneud. Wrth nofio, pasiodd nifer o bysgod amryliw, yn ogystal â dwy seren fôr lachar.

Ond, er y nofio cyflym a galw ar dop ei lais am ei deulu a ffrindiau, doedd dim sôn am y dorf o bengwiniaid, na smic o'u sŵn nhw chwaith. "Ble maen nhw wedi mynd mor gyflym?" pendronodd Pedro. Ymlaen ac ymlaen y nofiodd, gan feddwl y byddai'n siŵr o'u gweld ymhen dim, neu gweld y traeth a'i gartref dros yr haf yn y pellter.

Nofiodd, gwibiodd, a saethodd drwy'r dŵr mawr, ac ar ôl amser hir iawn ar ei ben ei hun cyrhaeddodd Pedro draeth mawr llawn tywod aur. Roedd e wedi colli'i wynt, wedi blino'n lân, ac yn barod am gwsg.

Edrychodd o'i gwmpas, ond doedd dim un pengwin i'w weld ar y traeth hir. "Helôôô," galwodd, "lle mae pawb?" Arhosodd am ateb, ond nid oedd smic i'w glywed. "Mam?" gwaeddodd, "Dad? Sali? Dylan? Mair? Iori?"

galwodd ar ei deulu. "Oes unrhyw un yma?"
Ceisiodd eto. "Ari? Menna? Seimon? Jac?"
galwodd am ei ffrindiau. Ond roedd hi'n dawel,
dawel, a dim i'w glywed o unrhyw gyfeiriad.

Gan deimlo'n eithriadol o drist ac unig, fflip-
fflopiodd Pedro i fyny'r traeth a'i ben yn isel.

Doedd e ddim yn deall lle'r oedd pawb. Oedd
e wedi cyrraedd y traeth anghywir, tybed?
Gobeithio ddim! Aeth i orwedd wrth glawdd
pigog, wedi blino gormod i greu nyth iddo'i
hun, a syrthiodd i gysgu.

Pennod 4

Pan ddeffrodd Pedro, roedd e wedi drysu'n llwyr, a doedd ganddo ddim syniad lle'r oedd e! Doedd e ddim wrth y clawdd pigog erbyn hyn, a doedd dim golwg o'r môr nac un wyneb pengwin cyfarwydd!

Roedd e'n gorwedd mewn blanced liwgar, drwchus, a'i ben yn gorffwys ar obennydd bychan glas. Sylwodd ei fod mewn gardd, ac roedd powlennaid o ddŵr ar un ochr iddo, a phowlennaid o bysgod yr ochr arall. Doedd e ddim yn gallu credu ei lygaid! Oedd e dal yn cysgu, meddyliodd?

Yna, clywodd lais anghyfarwydd iawn – nid llais pengwin oedd hwn!

"Ti wedi deffro!" galwodd y llais, ac yna gwaeddodd ail lais cyffrous, "Hwrê! Hwrê!"

Trodd Pedro ei ben yn araf, yn gysglyd, ac yn

ofnus. Yr hyn welodd e oedd dau blentyn saith oed – Carlo a Caryl, brawd a chwaer a oedd yn efeilliaid. Roedden nhw wedi cyffroi yn lân wrth weld Pedro yn agor ei lygaid, ac wedi rhedeg ar wib ato, a phenlinio ar y gwair gwyrdd.

"Diolch byth!" meddai Caryl."Rwyt ti'n gwella!"

Gwenodd Carlo fel giât gan nodio'i ben wrth gytuno â geiriau ei efell.

"Mae'n edrych yn llawer hapusach na neithiwr, ond yw e, Caryl?"

"Ydy wir!" meddai hi, gan blygu ei phen i astudio'r pengwin bychan o'i blaen.

Dros yr oriau nesaf, dysgodd Pedro fod y plantos wedi dod o hyd iddo'n crynu gan oerfel ar y traeth y noson flaenorol wrth iddyn nhw fynd am dro gyda'u rhieni. Roedd yn amlwg iddyn nhw ei fod yn sâl ac angen cymorth, felly roedden nhw wedi ei lapio mewn blanced bicnic a dod ag ef adref i ofalu amdano.

Sylweddolodd Pedro fod yr efeilliaid wedi

achub ei fywyd. Dyw pengwiniaid ddim i fod i grynu dim ond os ydy hi'n oer oer oer. Mae'n rhaid ei fod wedi gwthio'i hun gormod wrth nofio mor gyflym, a gan ei fod yn canolbwyntio gymaint ar nofio'n chwim, roedd e wedi anghofio bwyta ar y ffordd. O diar! Am gamgymeriad!

Trodd at y bowlennaid dŵr, a sugnodd ddracht hir yn swnllyd, cyn troi at y wledd o bysgod ffres yn yr ail fowlen, "Mmm, blasus!" cwaciodd, wrth i'r efeilliaid chwerthin arno – doedden nhw ddim yn deall y pengwin wrth gwrs; dim ond "Cwaaac!" roedden nhw'n ei glywed!

Gwyliodd yr efeilliaid Pedro yn llowcio'r dŵr ac yna'n taflu'r pysgod lawr ei gorn gwddw yn un darn! Eglurodd Carlo, "Prynodd Mam y pysgod gan Dei Pysgotwr bore 'ma! Gobeithio bod nhw'n iawn."

Cwaciodd "Diolch yn fawr iawn i chi! Ry'ch chi wedi achub fy mywyd i!" wrth yr efeilliaid.

Chwarddodd Carlo a Caryl yn uchel

wrth glywed Pedro yn cwacian fel cân hyfryd! "Dewch!" meddai Caryl yn gyffrous. "Dywedodd Dad fod cannoedd o bengwiniaid wedi cyrraedd Traeth Melyn erbyn bore 'ma!"

Rholiodd Pedro ar ei draed yn sionc wrth glywed hyn. Nid ar goll roedd e wedi'r cwbl! Mae'n rhaid bod ei sgiliau nofio mor wych nes ei fod wedi pasio'r criw mawr heb sylwi. Wedi'r cyfan, doedd y dŵr ddim yn glir iawn. "Cwaaaac!" clywodd yr efeilliaid ef yn galw wrth iddo ddweud "Awê!"

Pennod 5

Yn araf, cerddodd Carlo a Caryl bob ochr i'r pengwin, gan ei dywys ar hyn y ffordd. Aeth y tri heibio ochr y tŷ, allan drwy'r giât o flaen y tŷ, yna i'r chwith i lawr y stryd, heibio'r ysgol a'r siop fara, cyn troi i'r dde ac i lawr yr heol heibio'r cae chwarae a'r fan hufen iâ.

Wrth nesáu at y traeth, clywon nhw dwrw'r dorf o bengwiniaid yn cwacian sgwrsio'n brysur. Edrychodd y tri ar yr olygfa ryfeddol o'u blaenau, yna edrychodd yr efeilliaid yn gyffrous ar Pedro – roedd ei lygaid ar agor led y pen! "Cwaaac!" Clywodd y plant Pendro'n gwichian wrth iddo weiddi "Hwrê!"

Chwarddodd Carlo a Caryl wrth glywed y pengwin bychan yn cyffroi. Dechreuodd traed Pedro fflip-fflopian ynghynt nawr hefyd – roedd y bwyd a'r ddiod wedi gwneud gwahaniaeth

yn barod, ac roedd e'n edrych ymlaen at gael cwtsh mawr gan ei fam. "Hwrê!" gwaeddodd Pedro. "Ry'ch chi wedi cyrraedd o'r diwedd! Ro'n i'n poeni fy mod i ar y traeth anghywir!"

Fesul un, trodd pob pengwin i weld Pedro yn ymuno gyda nhw ar lan y dŵr. Cafodd Pedro gwtsh mawr gan sawl un, ac roedd pob un eisiau clywed ei hanes. Gwyliodd Carlo a Caryl e gyda gwên lydan ar eu hwynebau. "Pump uchel?" holodd Carlo ei chwaer gan estyn ei law i'r awyr. "Pump uchel!" atebodd Caryl, gan glapio'i llaw gydag un ei brawd.

Penderfynodd Caryl a Carlo adael llonydd i'r pengwin bychan am y tro wrth iddo ddiflannu i ganol y dorf fawr ddu a gwyn. Ond fe arhoson

nhw ar ochr y traeth hir, melyn am dros awr. Roedd e'n hwyl gwylio ymwelwyr newydd y pentref!

Dros yr wythnosau nesaf, aeth Caryl a Carlo i'r traeth bob dydd. Eleni, roedd ganddyn nhw lawer mwy o ddiddordeb nag arfer yn y pengwiniaid. Roedd ganddyn nhw gyswllt arbennig gydag un o'r anifeiliaid bach hoffus – y pengwin anghyffredin, Pedro!

Wrth gwrs, doedd dim llawer i'w weld, achos byddai'r pengwiniaid yn brysur yn bolaheulo y rhan fwyaf o'r amser, neu'n plymio i'r moroedd cynnes, gan beidio â thalu unrhyw sylw i'r holl bobl oedd yn dod draw i'r traeth bob dydd i syllu a thynnu lluniau. Ond roedd un pengwin yn ymddwyn yn anghyffredin, a Pedro oedd hwnnw!

Pan fyddai Pedro yn gweld Caryl a Carlo yn sgipio i lawr yr heol i'r traeth, byddai'n neidio ar ei draed bach trionglog ac yn fflip-fflopian mor gyflym ag y gallai i'w cyfarfod nhw. "Cwaaaac,"

fydden nhw'n ei glywed e'n dweud wrth iddo'u croesawu gyda "Helô!", cyn rhoi cwtsh mawr yr un i goesau'r efeilliaid. Ar y pwynt yma, byddai'r efeilliaid yn ymateb trwy chwerthin "Oooo, hahaha," wrth i blu Pedro goglais eu coesau nhw!

Ond, un diwrnod, doedd "Cwaaaac," Pedro ddim mor llon ag arfer. "Beth sydd, bengwin bach?" holodd yr efeilliaid wrth iddo roi cwtsh hirach nag arfer iddyn nhw. "Cwaaaac," trist oedd yr ateb wrth i Pedro syllu ar ei draed ac ysgwyd ei ben yn anobeithiol.

Pennod 6

"Tybed beth oedd yn poeni'n ffrind bach pluog ni heddiw?" pendronodd Carlo wrth chwarae gyda'i swper y noson honno.

"Ie," atebodd Caryl, "roedd e mor drist, doedd e ddim yn gallu edrych arnon ni, hyd yn oed."

"Peidiwch chi â phoeni, blant," meddai Dad wrthyn nhw.

"Ie," cytunodd Mam, "dwi'n siwr fydd e'n teimlo'n well erbyn y bore, gewch chi weld."

Y noson honno, ni wnaeth Caryl a Carlo gysgu'n dda iawn – roedden nhw'n pendroni ac yn poeni am Pedro y pengwin bach hoffus. Roedd e bob tro mor gyfeillgar a llon, felly beth oedd wedi newid? Heb yn wybod i Caryl a Carlo, cafodd Pedro hefyd noson wael, anesmwyth o gwsg.

Pan aeth y teulu i'r traeth y diwrnod canlynol, cawson nhw sioc enfawr. Pam? Wel, roedd y traeth yn wag o greaduriaid – roedd pob un wan jac o'r pengwiniaid bach du a gwyn wedi diflannu! Ac ar ochr y traeth, roedd degau o lygaid agored siomedig a chamerâu llonydd.

"Go dratia!" gwylltiodd Caryl. "Roedd mam yn anghywir – chawn ni ddim gweld sut mae Pedro heddiw – dyw e ddim yma!"

"Maen nhw wedi mynd!" cadarnhaodd Carlo. "Pob un ohonyn nhw, hyd yn oed ein ffrind arbennig ni!"

A daeth dagrau i lygaid y ddau efell wrth iddyn nhw droi a rhoi cwtsh fawr i goesau Mam.

"Mae diwedd yr haf yn prysur ddod ac mae angen i'r pengwiniaid ddod o hyd i gartref cynhesach – roeddech chi'n gwybod y byddai hyn yn digwydd cyn bo hir, on'd oeddech?" meddai Mam wrth brynu hufen iâ yr un i Caryl a Carlo.

"Hm," mwmialodd yr efeilliaid eu hateb wrth sychu'r dagrau olaf o'u llygaid.

"Dyna i chi eglurhad pam roedd eich ffrind bach mor isel ddoe, ynte?"

"Hm," daeth ateb y brawd a chwaer eto, erbyn hyn yn ceisio meddwl am yr hufen iâ yn lle meddwl am golli eu ffrind.

"Mi fyddan nhw 'nôl yma eto haf nesaf," ceisiodd Dad eu cysuro, "ac mi fydd yr amser yn hedfan, gewch chi weld."

"Ond erbyn hynny," cwynodd Carlo, "fydd ein ffrind bach ni wedi anghofio popeth amdanon ni!"

"Bydd," ategodd Caryl, "a fyddwn ni ddim yn gallu dod o hyd iddo ymysg y degau o greaduriaid bach du a gwyn eraill!"

Aeth yr efeilliaid i'r gwely'n drist iawn y noson honno. Roedden nhw wedi mwynhau'r wythnosau diwethaf yn fawr. Ond, roedd y cwbl wedi dod i ben heb rybudd. Oedd, roedden nhw'n gwybod y byddai'r pengwiniaid yn gadael ryw ddydd, wrth i'r haf dynnu i'w derfyn, ond roedden nhw wedi gwthio hynny i gefn eu meddyliau dros yr wythnosau diwetha. O! Roedden nhw'n dyheu am gael gweld Pedro eto – bydden nhw wedi teimlo llawer gwell pe bydden nhw wedi cael cyfle i ffarwelio ag e!

Wrth i'r dyddiau a'r wythnosau fynd heibio, daeth Caryl a Carlo i arfer â'r siom. Daethon nhw i arfer â pheidio â gweld y pengwiniaid. Daethon nhw i arfer â pheidio â chael eu coglais gan adenydd Pedro. Ac wrth i'r hydref a'r gaeaf ddod, daethon nhw i arfer â pheidio â mynd i'r traeth mor aml.

Ond, fe brynon nhw galendr i'w roi ar y wal. Ac ar y calendr, ar ddiwedd bob dydd, roedden nhw'n rhoi croes fawr ar y diwrnod hwnnw. Dyma eu ffordd nhw o wybod pryd fyddai'r pengwiniaid yn dychwelyd!

Pennod 7

Y flwyddyn ganlynol, wedi'r gaeaf hir – a thridiau union cyn i'r efeilliaid ddisgwyl gweld y pengwiniaid yn ôl ar Traeth Melyn – fe adawon nhw'r tŷ un bore ... a chael syndod mawr! Yno, yn sefyll ar y llwybr ychydig gamau o'r drws ffrynt, roedd pengwin bach du a gwyn! Ie, Pedro oedd e, ac roedd e'n edrych yn union yr un fath ag o'r blaen!

"Mae'n cofio amdanon ni!" gwichiodd Caryl wedi cyffroi.

"Mae hefyd wedi cofio'n iawn lle ry'n ni'n byw!" chwarddodd Carlo ei ymateb, a brasgamodd y ddau i roi cwtsh mawr i'r creadur cyfeillgar.

"Wel, am bengwin bach clyfar!" meddai Mam, ac roedd Dad yn wên o glust i glust wrth weld pawb mor hapus.

Treuliodd Caryl a Carlo haf arall difyr iawn yn ymweld â'r traeth yn ddyddiol. Byddai Pedro bob tro yn ffip-fflopian ei ffordd atyn nhw yn llon, a bydden nhw wrth eu boddau yn goglais ei gilydd, ac yn bolaheulo ar y traeth hir, melyn, a'i wylio'n plymio i'r tonnau cynnes. Fe ddysgon nhw hefyd nad oedd Pedro yn hoffi hufen iâ!

Aeth sawl blwyddyn heibio, gyda Pedro yn dychwelyd i'r un traeth, ac yn mwynhau bob haf gyda Caryl a Carlo. Erbyn hyn, roedd e wedi dysgu pa ddiwrnod oedd eu pen-blwydd hefyd – roedd e'n digwydd reit yng nghanol yr haf! Penderfynodd Pedro ei fod am wneud rhywbeth arbennig iawn ar ben-blwydd yr efeilliaid yn 10 oed.

Pendronodd a phendronodd drwy'r gaeaf beth i'w wneud. Roedd e'n gwybod eu bod nhw'n hoffi hufen iâ yn yr haul, ond doedd e ddim yn gallu prynu hufen iâ iddyn nhw'n anrheg – doedd dim arian gydag e, yn un peth!

Meddyliodd am goginio cacen enfawr. Meddyliodd am chwythu degau o falŵns lliwgar. Meddyliodd am drefnu parti mawr a gwahodd holl ffrindiau Caryl a Carlo. Ond o! Doedd dim modd iddo fe wneud y pethau hyn – pengwin oedd e! Ond un diwrnod, cafodd syniad gwerth chweil! Ac yn yr wythnosau cyn nofio i'r Traeth Melyn, buodd yn brysur iawn yn dweud wrth y pengwiniaid eraill beth i'w wneud.

Ar ddiwrnod y pen-blwydd mawr, wedi rhai wythnosau pellach o ymarfer, roedd Pedro yn barod ar gyfer ymweliad yr efeilliaid. Ar y bore arbennig hwnnw, rhoddodd orchmynion i'r pengwiniaid eraill, ac aeth pob un i orwedd ar y traeth fel roedd Pedro eisiau iddyn nhw wneud. Doedd neb yn poeni dim am wneud hyn – roedd bolaheulo'n ddiog yn un o'u hoff weithgareddau! Pan ddaeth Caryl a Carlo i'r traeth y diwrnod hwnnw, gwelon nhw neges enfawr:

"Pen-blwydd Hapus Caryl a Carlo! 10 oed!" – a'r cwbl wedi'i greu gan gyrff bach du a gwyn!

A wyddoch chi, dyna oedd yr anrheg orau gafodd yr efeilliaid erioed!